LES TRÉSORS

DU

PRINCE IMPÉRIAL

PARIS,

IMPRIMERIE BÉNARD ET COMPAGNIE,

PASSAGE DU CAIRE, 2.

1857

A SON ALTESSE LE PRINCE IMPÉRIAL

HOMMAGE

DU PLUS PROFOND RESPECT

Sa très-humble et très-obéissante servante,

N. LEBLANC.

Dans les bras maternels accueillant d'un sourire
Les honneurs qui sont dus au Prince Impérial,
Votre Altesse déjà dans ses yeux nous fait lire
Ce que d'elle on attend : le bonheur idéal !
Pour chanter les trésors qui préparent sa gloire,
Je ne puis que d'un cœur offrir le dévoûment;
Mais ce cœur tout français conserve la mémoire
Des grands biens obtenus victorieusement!

LE GRAND NOM!

Le grand nom, Monseigneur, fut le réveil du monde!

Le divin talisman d'un peuple belliqueux.

Par la gloire il régna sur la terre et sur l'onde,

Comme le Tout-Puissant doit régner dans les cieux.

Napoléon Premier vit briser sa carrière

Par de lâches croisés, tout un peuple de Rois,

Qui tous s'étaient promis en mordant la poussière

D'éteindre le grand Nom qui leur donnait des lois!

Éteignit-on jamais du Seigneur la lumière?

Non! Napoléon Trois, génie universel,

Que la France appela, que la France vénère

Comme le second Christ qui vint sauver la terre,

Nous en rend la clarté sur son trône immortel!

-o V o-

O beau pays! ô noble France!

Sous tes augustes Empereurs,

Jusqu'au faîte de la puissance

Tu t'élèves par tes grandeurs!

C'est ton Génie aux grandes ailes,

Ce Nom brillant qui fend les airs,

Portant tes gloires immortelles

Jusqu'aux confins de l'univers!

Le grand Nom, Monseigneur, qui renaît dans vos langes

Est le phénix du jour, le précieux trésor

De ce bel avenir que protégent les anges

Ayant vos traits charmants, vos beaux yeux frangés d'or!

Le grand Nom, Monseigneur, est de l'intelligence

Et la fleur et le fruit! c'est le bien, l'équité,

La grandeur, le progrès, l'honneur, l'humanité,

C'est la prospérité! c'est l'orgueil de la France!

LA RECONNAISSANCE.

De saint Pierre le successeur,

Sur les fonts sacrés du baptême

Est venu jurer, Monseigneur,

Que vous seriez jusqu'au ciel même

Le fils bien-aimé de son cœur!

Ce fut de sa Reconnaissance

Le témoignage souverain;

Il devait au sang de la France

Le salut du peuple romain.

Pour l'Église aux grâces divines,

La France a toujours l'arme au bras

Et dans la ville aux Sept Collines

Lui fait un rempart de soldats!

LA BIENFAISANCE.

Belle vertu d'un noble cœur !

O toi ! céleste Bienfaisance !

Tu sus conjurer le malheur

En cédant ta toute-puissance

A l'épouse de l'Empereur !

Sur le tendre cœur d'une mère,

Prince, vivez de sa bonté;

L'Impératrice qu'on vénère

La tient de la Divinité !

Sa généreuse bienfaisance

Rend la vie aux infortunés,

Ouvre des temples à l'enfance

Et console les affligés.

LA CLÉMENCE.

Dans un siége sans précédent,

L'Empereur écrase en Crimée

L'orgueil d'un peuple envahissant;

Mais fidèle à sa destinée,

Il résiste à l'enivrement

Et ramène par sa clémence,

Chez les peuples en bienfaiteur,

Paix, bien-être et confiance!

Et devient encor leur sauveur!

Des illustres vertus d'un père,

Prince, un jour vous hériterez.

Le grand Nom qui remplit la terre

Est un legs d'immortalité!

L'HÉROIQUE DÉVOUEMENT.

Aux cris navrants des submergés,
L'Empereur de Paris déserte;
Il court dans les champs dévastés,
Le cœur brisé, la bourse ouverte,
Offrir la vie aux inondés!
Jamais on ne vit dans l'histoire
Un de nos monarques français
S'inscrire au temple de Mémoire
En répandant de tels bienfaits!
De ce dévoûment héroïque
Vous serez digne, Monseigneur.
De Dieu c'est le souffle électrique
Divinisant l'âme et le cœur!

N. LEBLANC.